672

I0546677

LA CHUTE DE L'IMPIE,

ou

L'EUROPE PACIFIÉE.

G

30597

/ 1814 /

LA CHUTE DE L'IMPIE,

LE JUSTE COURONNÉ,

ROME RENDUE AU SOUVERAIN PONTIFE,

ou

L'EUROPE PACIFIÉE.

PAR M. DE MANNOURY DECTOT,

MAIRE, MEMBRE DU COLLÉGE ÉLECTORAL DU DÉPARTEMENT DE L'ORNE, DE LA SOCIÉTÉ D'AGRICULTURE ET DU COMMERCE DE CAEN, ET AUTEUR DE DIVERSES DÉCOUVERTES EN HYDRAULIQUE.

A PARIS,

DE L'IMPRIMERIE DE PORTHMANN,

Rue des Moulins, n°. 21.

AVANT-PROPOS.

Lorsque la nouvelle de la capitulation de Paris eut pénétré dans mon Département, malgré la surveillance des agens de Buonaparte, j'écrivis mes pensées sur les événemens du jour, à dessein de les publier gratuitement ; mais l'annonce de l'Ouvrage de M. de Châteaubriand me fit retenir les exemplaires de ma petite Brochure, déjà imprimée. Sans avoir le talent d'un Ecrivain aussi justement célèbre, je partageais son sentiment : je disais donc une partie de ce qu'il a si éloquemment écrit ; alors j'ai interverti tout l'ordre de mon travail, et je n'en ai conservé que ce qui m'a semblé meilleur. Quoique mon plan soit différent de celui de M. Châteaubriand, je n'ignore pas que mon style pâlira près du sien. Considérant néanmoins que je dois trouver quelque indulgence en mêlant ma voix à celle de tous les Français, dans le moment d'un enthousiasme général, je me suis déterminé à faire paraître le produit de l'inspiration de mon amour pour mon DIEU et pour mon ROI.

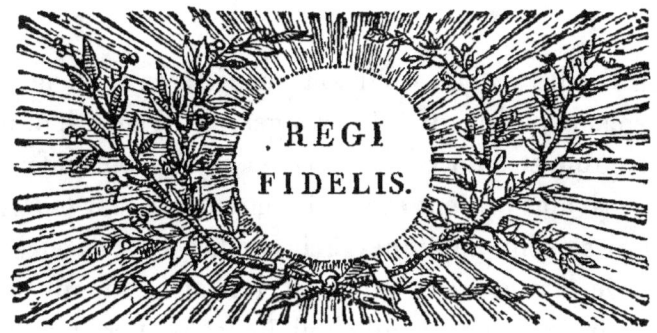

REGI
FIDELIS.

LA CHUTE DE L'IMPIE,

ou

L'EUROPE PACIFIÉE.

Je n'ai pas la prétention de faire prévaloir mon opinion sur l'opinion générale : je pense au milieu de la foule des hommes, où chacun a des droits égaux à la recherche de la vérité. Je n'envie point une célébrité littéraire; je cède à l'impulsion de mes sentimens, et ne veux point bercer mon amour-propre d'un mérite chimérique. Avant de prendre la plume, je me suis interrogé sur le résultat de mes pensées

A

dans l'ordre social : qu'il soit nul, je n'en serai point tourmenté; mais qu'il fût dangereux, j'en frémirais de trouble et d'horreur. Tous les siècles ont enfanté des écrivains qui ont étudié les mœurs de leur temps, et qui se sont appliqués à la recherche des vices, afin de flatter ceux qui s'en laissaient dominer : c'est ainsi que beaucoup d'auteurs se sont acquis une renommée aussi rapide que colossale; car on sait jusqu'à quel point les personnes qui se livrent aux passions déréglées, idolâtrent ceux qui rompent complaisamment tous les liens qui les retiennent. C'est donc par cette raison que l'impie, le tyran, et l'homme dépravé en général, vante le sophiste qui lui représente l'honneur, la probité et la religion, comme des fantômes imaginaires, le déshonneur et l'irréligion comme de vains préjugés dont on peut s'affranchir; enfin, c'est par cette raison qu'il y a autant de coryphées qu'il peut y avoir de sectes dans les divers systêmes de l'homme, et de nuances dans ses inclinations et dans son caractère. Je sais que je pourrais me permettre l'usage de tous ces ressorts, sans qu'il me fût possible de franchir ma médiocrité; mais je sais aussi qu'il convient à mes principes de les dédaigner. Je serai donc vrai dans mon opinion, je n'émettrai rien qui ne soit sorti du for de ma conscience, qui ne soit émané de mon amour pour mon Dieu, et pour la véritable prospérité de ma patrie.

Grand Dieu! daignez éclairer et guider mon imagination. Faites-moi connaître l'origine de nos malheurs, leurs motifs, et leur véritable fin. Permettez que je pénètre quelques-uns de vos desseins sur les hommes, et que je signale votre justice dans votre colère, et votre gloire dans votre clémence.

La révolution française se présente à l'esprit, dès qu'il s'agit des calamités qui ont accablé l'Europe pendant une longue suite d'années ; mais quels en ont été les germes ? Ce sont vos écrits, trop célèbres auteurs, qui aviez méprisé les devoirs que je viens de m'imposer ! Si la France s'est élevée contre Robespierre, si elle s'écrie maintenant contre Buonaparte, parce qu'ils ont été les fléaux de l'humanité, que n'a-t-elle repoussé la coupe empoisonnée de nos écrivains modernes ? ils ont séduit l'imagination en corrompant le cœur, ils ont créé des préceptes en faisant oublier les véritables devoirs, et ils se sont fait encenser comme des Dieux, en faisant méconnaître le Dieu de l'Univers. Ce sont eux qui ont dessiné les échafauds, et ce sont leurs apologistes qui les ont dressés ; ce sont les maîtres qui ont fomenté la révolution, et leurs disciples qui l'ont exécutée. Buonaparte s'est établi au milieu de ses horreurs, et nourri dans son sein ; et comme s'il en eût concentré tous les débordemens, il en a rompu les digues pendant le cours entier de sa vie.

La philosophie, considérée comme l'amour de la

sagesse, est toute religieuse, et il n'est aucune de ses lois qui ne soit contenue dans la religion catholique ; mais cette fausse et moderne philosophie, dont nous venons de faire l'épreuve, est aussi impie que désastreuse : elle se masque de quelques beaux sentimens, et elle entoure adroitement ses paradoxes des traits de l'imagination pour égarer le jugement. Si elle semble ennoblir l'homme en ce qu'il a de mortel, elle lui refuse la dignité et l'immortalité de son ame, en ravalant sa condition jusqu'au degré de la brute. Elle peut être comparée à un serpent venimeux qui lève orgueilleusement sa crête éblouissante au milieu des roses et des fleurs les plus séduisantes par leur éclat passager, et qui laisse la majeure partie de son corps enveloppée dans une vile poussière ; sa morsure ressemble à une caresse ; l'homme croit jouir en la recevant, jusqu'au moment où le venin se développe, et produit ses ravages dans son sein.

L'irréligion faisait ses progrès avant la révolution ; elle s'était insinuée dans les diverses classes de la magistrature, du clergé et de la noblesse. Alors on s'est écrié avec raison ; bientôt on a tout ridiculisé, et on a passé rapidement d'un excès à un autre. Ainsi donc, la noblesse a été détruite, parce qu'elle avait des défauts ; la religion a été méprisée, parce que ses ministres s'étaient relâchés dans leurs devoirs : pour quelques dégradations faites à l'édifice politique, qu'il fallait seulement réparer, on l'a sapé par les fondemens , pour nous ensevelir sous ses ruines.

L'Histoire sacrée nous apprend que Dieu veille sans cesse sur l'homme, pour le punir lorsqu'il s'égare ; nous y voyons qu'Adam fut chassé du paradis terrestre, que le déluge inonda la terre , que les Israélites furent exilés en Égypte, que Jérusalem fut détruite; et nous voyons aujourd'hui la France encore baignée dans son sang. Le plus grand châtiment de Dieu est sans doute son abandon : il avait résolu , à en juger par la suite des événemens, d'abandonner la France, et de la livrer toute entière à ses inclinations hautaines , afin de lui faire faire l'épreuve de sa philosophie , en en laissant accroître l'incendie. Avec l'idole de la liberté, se sont élevés tous les crimes sur les débris du trône et de l'autel. Des tribunaux sanguinaires se sont établis , et des échafauds se sont dressés pour immoler la vertu. Sur les degrés de l'autorité publique , se sont culbutées successivement mille factions diverses ; l'homme du jour s'est opposé à l'homme du jour , et rien ne s'édifiait que pour se détruire. L'impiété régnait tyranniquement : beaucoup de gens, par amour-propre , renonçaient à leur Dieu et à leurs devoirs, parce que la probité , la justice et la vertu étaient taxées de faiblesse d'esprit. Le peuple, séduit par un intérêt qui lui était tout à fait étranger, dépouillait la no-

A 3

blesse et le clergé de ses honneurs, pour les faire passer à d'autres personnes prises dans la foule, et on le voyait courir après ses semblables comme après des bêtes féroces. Toutes les passions sans frein maîtrisaient l'homme empressé de les satisfaire, en multipliant ses jouissances, en précipitant le cours de sa vie. Une multitude de systêmes, de paradoxes et d'opinions versatiles, sont venus obscurcir les sciences en démoralisant la société. L'homme a dit, dans son orgueil : je n'ai point besoin de la doctrine d'un Dieu pour être honnête, il me suffit des lumières de ma raison; et de proche en proche, depuis le savant jusqu'à l'ignorant, il n'a plus reconnu que la loi de ses désirs impérieux.

En suivant de la pensée le cours rapide des désordres qui devaient nous instruire, nous voyons, au 18 brumaire, modifier le systême républicain, par l'autorité de trois Consuls, qui proclament leur haine à la royauté; et ainsi la souveraineté prétendue du peuple se réunit d'abord sur trois têtes, et bientôt sur celle de Buonaparte seul.

Cet ambitieux, poursuivant donc sa carrière à pas de géant, se place sur le trône de ce puissant empire, d'où il ne verra bientôt plus que lui dans la nature; aussi croit-il pouvoir disposer à son gré de la vie des hommes et faire prosterner à ses pieds toutes les puissances. Le Pape, trompé par des apparences perfides, vient à Paris s'exposer aux ridicules de l'irréligion, pour bénir une couronne que le plus grand despote devait se mettre lui-même sur la tête. Cependant ce vertueux pontife reconnaît bientôt en lui le plus grand ennemi de son Dieu, encore bien qu'il se dise le protecteur de son culte, tant les paroles et les actions de ce coupable mortel sont artificieuses et mensongères. Au moment où tout semble relever sa magnificence, au moment où son pouvoir est sans balance et sans bornes, il veut cumuler sur sa tête toutes les puissances, soit temporelles soit spirituelles. Ce n'était point assez que les ministres de la religion catholique eussent été massacrés ou déportés dans les troubles précédens, il fallait encore qu'ils fussent persécutés, et sollicités au schisme ou plutôt au parjure: Un concile national est formé; des trésors sont ouverts, et tous les genres de séduction sont employés pour en ébranler les principes : mais ce sont de vaines amorces, le clergé de France s'honore de la plus belle résistance ; le cardinal Fesch, le vertueux de Broglie, l'éloquent de Boulogne, et presque tous les membres du concile, reçoivent des fers pour défendre la foi. Le nouveau Nabuchodonosor se fait signaler aux Juifs comme le roi des rois, comme ce Messie puissant et conquérant qu'ils attendent, n'ayant point voulu, disait son organe, reconnaître cet homme de douleur qui avait fini sa carrière par le supplice honteux de la croix (1). Ainsi donc il serait peut-être parvenu à se faire adorer, s'il n'avait assez fait pour se faire détester. Néanmoins, tout cède à son empire : le Pape est son captif, et Rome est devenue sa proie et l'objet de ses titres orgueilleux; la jeunesse française est une récolte abondante qu'il moissonne avant sa maturité; nos biens, nos jouissances et jusqu'à notre patrie, tout lui est sacrifié. Mais qu'ai-je dit? était-il un sentiment qui dût l'emporter sur l'amour paternel? et nous n'avons rien fait pour sauver nos enfans! Etait-il un sentiment qui dût l'emporter sur l'amour de la patrie? et cependant quels ont été nos efforts pour la garantir? Cités étrangères, pourquoi ne vous êtes-vous point élevées contre votre destructeur? Illustres souverains, que n'avez-vous formé plutôt votre juste coalition? Eh! vous aussi, ô mon Dieu! vous l'avez souffert! le plus saint des hommes, le chef suprême de votre église, a reçu des chaînes, et vos foudres vengeresses ont épargné cet impie couronné. Cependant on abandonne votre loi, parce qu'on la croit sans appui : déjà le chrétien chancelle, l'incrédulité insulte à la foi; et au milieu de tant de calamités, il semble que le hasard seul règle aveuglément toutes les destinées des hommes. Mais pardonnez, grand Dieu! cette injuste plainte; vos éternels

---

(1) Réponse de M. de Beaufort à l'évêque de Besançon, *page* 57.

décrets sont remplis d'équité ! Ainsi qu'un père corrige ses enfans, vous châtiez et les peuples et les rois : les peuples, pour les maintenir dans une obéissance inviolable, et les rois pour humilier leurs têtes superbes, afin de leur prouver qu'ils tiennent leur puissance de vous et qu'ils la doivent faire servir au bonheur de leurs sujets. C'est donc pour une semblable fin, que les uns et les autres n'ont pu se soustraire d'eux-mêmes aux maux dont tous leurs vices les avaient accablés, à dessein qu'ils fussent éclairés suffisamment par des exemples mémorables.

Enfin, le jour est arrivé où Dieu a daigné abaisser ses regards miséricordieux sur l'Europe alarmée, pour y manifester sa puissance, en lui accordant visiblement sa protection. Maintenant que fera-t-il ce superbe conquérant ? Je le vois briller de tout l'éclat de ses armes : il est porté sur les ailes de la victoire ; ses armées sont invincibles, et déjà elles menacent la Russie de sa ruine prochaine. Néanmoins qu'elle se rassure, Dieu combat pour elle ! Il n'est plus donné à Buonaparte de prévoir le danger, parce qu'il n'a plus d'autre conseil que lui-même. Inutilement on le met en garde contre les fléaux qui lui sont préparés : il ne cesse de courir sans regarder derrière lui ; mais arrive l'instant où les glaces du Nord, multipliées par la volonté de Dieu, punissent sa témérité et suspendent ses projets, par la perte de la plus belle armée du monde. Les événemens se succèdent avec rapidité ; une seconde armée s'avance à Dresde ; Buonaparte y refuse une paix honorable ; il s'obstine à braver de pied ferme des armées supérieures à celles qu'il commande ; il n'a pas su profiter d'un temps favorable à ses traités ; il ne saura point prévoir les désordres d'une retraite forcée.

Il semble s'endormir et se laisser entourer de tous côtés : ce n'est point assez qu'il manque de fourrages pour sa cavalerie, de vivres pour son armée, et de munitions pour sa défense ; Dieu commande aux élémens, il survient des pluies extraordinaires ; il recule sans échelons ; le trouble, l'épouvante et la division sont jetés parmi ses bataillons ; frappé lui-même de terreur, il sacrifie une partie de son armée à sa conservation individuelle, et une seconde déroute perd une seconde armée.

Alors que nous respirons sans crainte, et que nos alarmes sont dissipées, nous pouvons réfléchir, sans effroi, sur les événemens qui semblaient nous présager la ruine de la France et tous les malheurs qui peuvent accabler l'humanité. Nous avons entendu retentir la trompette guerrière sur toutes les rives du Rhin ; nous avons vu franchir nos frontières par des armées formidables ; toutes les puissances du continent étaient liguées contre nous et animées d'une juste vengeance. Les Français pouvaient être doublement victimes : victimes, pour avoir été forcés d'aller porter les fléaux de la guerre dans tous les pays voisins ; et victimes, parce qu'ils étaient l'objet d'une représaille trop long-temps provoquée.

La France, toujours livrée à son oppresseur, répond à son appel, et Buonaparte va se trouver encore entouré d'une troisième armée. On arme de toutes parts, le tocsin sonne, nos bataillons s'opposent à l'ennemi, l'airain tonne et vomit la mort : tous les français sont militaires, le père de famille comme le jeune conscrit; tous s'émeuvent! la mère pour arrêter son fils, l'épouse pour retenir son époux, et le magistrat pour faire partir l'un et l'autre. Le mal s'accroît, la renommée est mensongère, les chimères s'emparent des esprits, mille bruits se contredisent, la marche du gouvernement se ralentit et s'embarrasse, le désordre et le trouble se multiplient; tout se confond, l'espoir s'évanouit, et chacun se croit déjà frappé du coup funeste qui le menace. Tendres mères, jeunes épouses, et vous malheureux orphelins, pleurez vos enfans, vos maris et vos pères, ils ont reçu la mort sans sépulture; ils n'arrêtaient l'ennemi que par leur nombre : la majeure partie sans armes, et ignorant toute espèce de manœuvre, ils formaient un rempart vivant, pour défendre la cause même de leur destruction; et plus ils étaient nombreux, plus ils ont été de victimes.

Dès l'ouverture de la campagne, Buonaparte décélait sa faiblesse, et son génie était alors très-près de la désorganisation : il n'avait rien préparé d'avance sur le terrain qu'il devait défendre avec tous les moyens éprouvés par l'expérience : au lieu de tenir une ligne de front, de former ici des retranchemens, là de masquer des batteries, on le voit se précipiter étourdiment, tantôt sur un corps d'armée, tantôt sur l'autre ; avancer sur sa droite pour reculer sur sa gauche : il se consume en mouvemens inutiles ; et le soldat, sans cesse au combat, est bientôt épuisé de fatigue ; on croirait qu'il conspire sa perte, et pour assoupir les cruelles anxiétés des Français, il les conduit aux chants de ses fausses victoires, sur les bords de l'affreux abîme qu'il a creusé devant eux. Ajoutez que jamais hiver ne fut plus long que celui que nous venons d'éprouver ; comme si Dieu eût voulu donner aux alliés une température qui fût habituelle à leurs soldats, et qu'il eût voulu détacher les Français d'une cause contre laquelle il levait son bras vengeur.

Enfin nous sommes arrivés à cette crise redoutable : l'ennemi a passé sur l'armée française, et touche aux murs de Paris. Princes alliés, votre bravoure, vos nombreux soldats et vos canons vous étaient alors inutiles ! Le dieu d'Israël vous avait précédés ; il vous suffisait de vous conserver dans toute la pureté de vos intentions, et de préluder aux hymnes de la paix, pour que les remparts animés de cette cité fameuse, vous livrassent une facile entrée : tous les cœurs vous y étaient préparés, et le jour où vous sembliez soumettre la France, a été un jour de fête et de triomphe pour elle-même. Dans l'état alarmant où elle se trou-

vait, quel est le Français qui n'a pas craint le déchire-
ment de sa chère patrie? Mais, non, princes alliés,
Dieu protégeait vos armes! jamais cause ne fut plus
belle que la vôtre, et jamais elle ne fut illustrée par
une plus belle conduite. Jeune, généreux et magna-
nime Alexandre, votre nom sera toujours cher aux
Français, et vous vivrez éternellement dans l'histoire.
Déjà votre gloire est à son dernier période par l'élévation de vos sentimens : elle est fondée sur la sagesse,
la justice et la religion ; vous avez été choisi de Dieu
pour exécuter ses immortels desseins, pour exercer sa
vengeance en punissant le crime, et exercer sa clémence en vous armant pour nous donner la paix et le
bonheur. Un champ de bataille jonché de morts ; de
nombreux pays conquis, mais saccagés ; la possession
du monde entier tant désirée par le tyran, ne valent
point ce seul trait de votre vie. Vous avez participé
glorieusement au renversement de l'usurpateur, de
l'impie le plus cynique, et vous couronnez une auguste
race qui fut toujours économe du sang de ses sujets.
Chef d'une nouvelle croisade, vous délivrez une autre
Jérusalem; Rome va être rendue au premier pontife
de l'arbitre souverain de l'Univers, de ce Dieu clément
qui a combattu pour vous et pour le bien-être de l'humanité. Celui qui est né pour détruire ses semblables
devrait invoquer le néant, si la miséricorde de Dieu
n'était infinie, quand le repentir la réclame ; mais quant
à vous, héros vertueux, guidé par Dieu au milieu ces

grandeurs humaines, il vous conduira sans doute à la véritable immortalité.

Mille bruits précurseurs d'un grand événement, se répandaient depuis quelques années même parmi le peuple : la principale partie des Français était passive et tremblait sur les résultats ; l'autre partie était active, et séduite par l'attrait de ses honneurs ou le gain de ses places, elle s'étourdissait avec son chef.

Je me rappelle qu'à l'époque du départ de notre belle armée pour la Russie, époque où la moitié de la population française était réduite à la mendicité, je fus abordé par un vénérable vieillard qui me dit, en me tendant la main, dans son extrême besoin, mais avec ce ton et cette physionomie qui caractérise la sagesse et la profondeur des pensées : *Pourquoi voulons-nous un gouverneur de l'Europe ?* Ainsi ce vieillard me dénonçait, dans cette courte interrogation, la cause présente et la source des calamités de cette belle partie du monde. En effet, quel est le pays qui a pu se garantir de ses débordemens ? Interrogez l'Autriche, la Russie, la Prusse, l'Italie, Naples et tous les royaumes environnans, ils n'ont pu en arrêter le torrent ! Mais vous, pieux espagnols, qui fûtes toujours nos fidèles alliés ; vous qui nous receviez dans votre sein, tandis qu'un chef barbare tramait votre perte ; en vain la justice de votre cause et la honte d'une trahison affreuse s'opposent à son attentat ; un des plus grands diplomates de l'Europe lui en fait voir les conséquences désastreuses. Il en résulte cette réponse : *Eh bien , si je ne règne point sur les Espagnols , je régnerai sur les Espagnes !* Il s'en est peu fallu, à la vérité, que l'Espagne n'ait été dépeuplée et couverte de ses débris. Qui pourrait apprécier le nombre des victimes qui ont été immolées, soit pour la conquérir ou pour la défendre, et qui pourrait raconter, sans frémir d'horreur, tous les désordres et tous les crimes qui s'y sont commis. Mais c'est peut-être trop m'élever contre un des plus dangereux écarts de Buonaparte ; je suis loin, braves Castillans, de vouloir vous irriter en sondant vos plaies. Vous vous convaincrez, par le témoignage de vos soldats prisonniers , que le cœur des Français n'a point dégénéré ; il est encore pour vous ce qu'il fut autrefois, et vous pouvez juger dès-lors que le monstre qui vous a déchirés , dévorait en même temps les entrailles de la France.

Fuis dans des régions lointaines pour te soustraire aux regards de l'Europe, que tu as ensanglantée ; va, destructeur, t'isoler du reste des humains, en descendant des hauteurs de la France jusqu'à ton berceau, afin de mieux reconnaître et ton origine et la profondeur de ton abaissement. Quel genre de gloire voulais-tu donc acquérir par tes conquêtes ? Eh bien ! supposons que ton empire se soit étendu sur l'Europe captive, depuis l'orient jusqu'à l'occident, apprends que pour être plus grand que toi, il suffirait de ressusciter la cent millionnième partie des hommes que que tu as précipités au tombeau, et de réparer quelques-uns des ravages qui se font remarquer dans tous les pays que tu as foulés dans la course rapide de ton char emporté; qu'il te soit accordé l'art de gagner des batailles et tous les talens que tu as reçus de la nature, que ne dois-tu point malgré cela aux sources et aux mines fécondes de sang et d'or que la France t'a livrées dans son aveugle obéissance. S'il est vrai que l'on te doive quelques embellissemens, quelques établissemens utiles, tous ces travaux ont été ordonnés pour satisfaire à ton orgueil, plutôt que pour ajouter à la prospérité de l'État : mais serait-ce donc par de semblables avantages que tu pourrais jamais dédommager l'humanité des maux que tu lui as faits? D'ailleurs, avec le désir de te rendre justice, pourrais-je vanter ta vertu privée? Epoux sans fidélité et sans foi, tu as répudié ta première femme, au mépris des lois et de la religion, en méconnaissant qu'elle t'avait placé dans ce tourbillon où le vent révolutionnaire devait souffler inopinément ta fortune et t'élever au-dessus de tant de milliers d'hommes. Donnant à tes peuples l'exemple de tous les débordemens, tu as convoité d'autres nœuds; et dirigeant tes foudres guerrières pour la ruine de l'Autriche, il lui a fallu te sacrifier son sang impérial. Une nouvelle Esther, victime pour le salut de son empire, est venue t'immoler ce que la nature et la religion ont de plus sacré.

sacré. Mais enfin, après tant de tortures, qu'est-il devenu ce sceptre tombé des mains d'un martyr royal?... Tu étais cependant entouré de la valeur française, possesseur absolu du plus grand empire du monde, et paré de ses lauriers aux regards de l'Europe étonnée. Néanmoins, sujet ingrat, tout s'évanouit pour toi, et ton ambition a rapidement montré et dissipé tout l'éclat de ta fortune passagère. C'en est fait, Dieu commande, sa justice s'exerce; la France reconnaît l'héritier de Saint Louis, couronne le fils de Henri IV, lui rend sa confiance, son respect et son amour, en même temps qu'elle secoue ton joug tyrannique.

O mon roi! elle est donc arrivée cette époque à jamais mémorable où vous allez remonter sur le trône de vos pères. Il me semble, dans le sentiment qui m'anime, que les mânes de ma famille, vouée à votre rétablissement, ont tressailli dans leurs tombeaux épars, pendant que leurs ames glorifiaient Dieu, dans leur céleste patrie, de la justice qu'il vous rend. Blanchi dans l'adversité, vous réunissez à vos vertus héréditaires, la sagesse d'une longue expérience. Illustre par naissance, illustre par l'effusion même du sang de votre auguste frère, vous inspirez aux Français le plus profond respect, la plus grande vénération et l'intérêt le plus puissant. Alors que les amorces philosophiques avaient produit l'effervescence des passions et l'explosion révolutionnaire; alors que l'impiété et la dissolution étaient à leur comble, le règne de

B

votre dynastie s'est interrompu à l'instant même où un roi vertueux perdait une couronne périssable pour en recevoir une immortelle. Mais, dès l'instant que les principes moraux et religieux se régénèrent, nous voyons commencer votre règne, comme pour prouver à la postérité, que vous ne deviez point participer aux erreurs d'un siècle corrompu.

Il s'est détruit sans retour, cet esprit de vertige qui fit les malheurs du Roi et les nôtres; l'hydre révolutionnaire s'est anéantie, et si quelques-uns de ses tronçons cherchaient encore à se renouer, la verge de Dieu, qui les a divisés, est encore levée et prête à les frapper. L'opinion générale s'est éclairée des lumières tardives de l'adversité, et elle s'est fixée sur les événemens passés. En effet, qui voudrait maintenant redonner un autre Robespierre à sa Patrie, et un nouveau conquérant à l'Europe ? Les dissentions politiques sont comparables à une mer orageuse, dont les eaux élèvent et engloutissent tous ces pirates et ces corsaires qui s'exposent témérairement sur ses vagues écumeuses; l'agitation de ses flots les expulse de son sein. Le calme rétabli, ses ondes sont aussi pures que tranquilles.

Quand le Roi pardonne, tous ses sujets doivent l'imiter; ainsi, la paix des familles s'établira avec la paix générale; ainsi, plus de guerres au dehors, plus de haines, de discussions et de vexations au dedans. L'ordre présent des propriétés sera maintenu par sa sagesse, et toutes les classes dé la société jouiront également des avantages de son retour. Son peuple, soulagé de l'excès de ses impositions, le bénira dans son obéissance, et de nouveaux siècles consacreront notre fidélité et couronneront son auguste postérité.

Je sais que quelques personnes craignaient de perdre leurs honneurs et leurs places, dans l'incertitude des intentions du Roi ; mais ses sentimens avaient tout devancé, et sa parole est aussi inviolable que son cœur est sensible et pur. Si quelques égoïstes voulaient se plaindre maintenant, je leur demanderais s'il faut encore à leur cupidité une nouvelle levée de conscrits et de nouveaux cyprès.

La paix est nécessairement un bienfait général ; mais dans l'ordre des richesses et des dignités, elle peut être un mal particulier. Celui qui a des sentimens réellement patriotiques, doit, dans ce cas même, se réjouir du bonheur de la multitude. On ne saurait disconvenir que la paix diminue considérablement les moyens d'avancement du militaire, et que la mitraille renverse l'officier en activité de service pour placer celui qui est à la suite ; aussi nous savons combien cet avancement était rapide dans nos armées, où la bravoure y donnait une carrière continuelle. Les militaires ne sont qu'une partie de l'Etat appelés à sa défense ; ils ne peuvent être trop honorés, mais ils s'empresseront de reconnaître que la guerre n'est légitime qu'autant qu'elle est utile. Ils ont fait assez pour les intérêts de leur patrie, si elle eût été bien gouvernée ; la valeur française n'est point flétrie pour avoir été prodiguée. Si la capitale de la France est au pouvoir des alliés, ils ont fait eux-mêmes le dénombrement de leurs armées ; ils savent que notre royaume n'est qu'une petite partie de l'Europe, et ils ont rendu justice à nos armes. Ce ne sont point eux qui nous imposent des lois : nous avons choisi notre roi ; et si leur magnanimité fait leur gloire, ils la font éclater sur nos lauriers. Paris est libre, et il n'est que le rendez-vous de l'Europe, où tous les amis de la paix vont se tendre la main pour s'accorder une estime et une amitié mutuelles. Ainsi donc, que le militaire dissipe ses sollicitudes et ses craintes ; ses droits seront religieusement maintenus, soit qu'il veuille conserver ses grades et son service, ou qu'il veuille retourner dans ses foyers, goûter les charmes du repos et attirer les regards d'une considération fondée sur la vaillance.

L'œuvre de la Providence qui redonne un sceptre au digne descendant de nos Rois, n'est point encore accompli : il existe plus d'un trône sur la terre, mais il n'existe qu'un siége pour le successeur de Saint Pierre. Jésus-Christ a promis sa protection à son église jusqu'à la consommation des siècles, et sa promesse est infaillible. C'est lui qui, par la voix du plus saint des pontifes, a frappé Buonaparte de réprobation ; aussi l'avons-nous vu dans son aveuglement courir incessamment à sa perte, en nous instruisant par ses propres égaremens ; aussi devons-nous le considérer comme un instrument des justes châtimens que nous venons d'éprouver. Si la protection de Dieu a fait la force des alliés, son abandon a fait la perte du tyran : en vain il avait compté sur les ressorts de son génie présomptueux ; en vain il s'était créé des armées et des trésors, tout s'est dissipé sans fruit, et sa chute s'est faite de tout son poids.

C'est une vérité de fait incontestable, que Buonaparte a été constamment heureux dans l'exécution de ses projets, jusqu'au moment où il a dirigé ses coupables entreprises sur le Pape, et que depuis ce moment on a vu son bonheur se détruire rapidement. Le père des fidèles combattait pour défendre la foi, et Buonaparte pour l'éteindre. Quelle différence entre l'un et l'autre ! Je ne vois, d'un côté, qu'un faible vieillard à genoux et accablé sous le poids de ses chaînes ; il prie humblement ; son âme, prête à se répandre, s'exhale dans ses saintes oraisons ; à peine il tient à la vie, tant il renonce à lui-même ; il n'est attaché qu'à ses devoirs, et ses mains suppliantes sont continuellement levées vers le ciel, pour en implorer la divine protection : d'un autre côté, je m'effraie à la vue d'un guerrier accoutumé au carnage ; il peut seul, d'une main sacrilége, renverser à ses pieds ce vénérable vieillard ; toutes les passions humaines sont à

B 3

sa suite ; le mensonge , les trahisons perfides , l'orgüeil , la jalousie , et en un mot tout l'enfer , dont il est le ministre , conspire en sa faveur : mais à la voix de Dieu , tous les esprits infernaux rentrent dans l'abîme de la révolte , Buonaparte s'évanouit , et la France se rend à son Dieu.

Ainsi donc la religion triomphe , sa vive lumière se répand sur tous les esprits , son feu divin réchauffe tous les cœurs , tout le monde en avoue la nécessité et en reconnaît la vérité. Ce n'est point comme institution humaine qu'elle peut être utile; elle devient illusoire dès qu'on lui refuse la divinité de son origine : car , en effet , que peuvent être le sort et la garantie du peuple à qui la religion n'est imposée que comme un joug ? Les souverains , les magistrats , et toutes les personnes instruites qui compulsent les archives de l'État , s'en affranchissent pour leurs propres intérêts , et alors le peuple est , dans ce cas , ce qu'il a été sous le règne de Buonaparte; il plie sous le faix dont il est surchargé de toutes parts , et il est conduit infailliblement à la mort sans oser ni réclamer une justice , ni se plaindre d'une vexation. Mais que l'autorité supérieure , toute respectable qu'elle puisse être d'ailleurs , ne se croie point en sûreté , le peuple aime à juger de sa ressemblance avec ses supérieurs : il les imite bientôt , secoue son joug , et se déborde , au mépris des lois et du sang humain. Nous l'avons vu se livrer à de tels excès , que l'imagination effrayée se refuse à en présenter l'épouvantable tableau ; les tempêtes de l'Océan ne sont pas plus horribles et plus ténébreuses, le feu des volcans ne produit pas plus de cendres, tout devient sa proie, et en vain la vertu et l'innocence demandent grâce ou sous la pourpre ou sous la bure ; c'est un aveugle qui frappe, ou c'est un torrent qui peut tout engloutir. Grands du monde, prosternez-vous au milieu du peuple, afin de rendre à Dieu un culte légitime ; soumettez-vous aux lumières qui vous ont été révélées pour votre propre conservation, reconnaissez publiquement que votre ame est née d'un souffle divin, et ne cherchez plus à en ravaler la dignité ; accordez les places et les honneurs, non aux égards de la fortune et à la voix de l'intrigue, mais plutôt à des considérations morales et religieuses ; alors la justice, le bon ordre et la paix régneront constamment sur la terre.

On ne peut point disconvenir que les mœurs des princes ne se transmettent à leurs sujets ; chaque intrigant en épie les vices pour les embrasser ostensiblement, et devenir s'il le faut plus cynique que Diogène. Ces prothées supplians peuvent consentir à tout, et nous en avons vu beaucoup qui ont acheté leurs places par des sacrifices honteux. Il n'en sera point ainsi sous le règne de notre roi très-chrétien : il faudra bien cacher ses vices pour approcher de sa vertu insinuante ; et ce qui ne sera d'abord qu'une fausse apparence des bonnes mœurs, deviendra bientôt une réalité par le pouvoir de l'habitude, de l'exemple et de l'imitation. Le roi, en allant à l'autel, y conduira tout son peuple pour y adorer Dieu, non par contrainte, mais librement, et dans un sentiment sincère.

La doctrine chrétienne, dans toute sa pureté, est un Code divin : c'est une philosophie qui a pour objet l'amour de cette véritable sagesse, dont les préceptes en ont été dictés par Dieu même. L'homme pieux qui la suit est sans fard ; ses pensées et ses opinions sont simples, mais elles sont éclairées ; son cœur, il le conserve sensible, droit dans ses affections, et il est le véritable ami de l'humanité. Quant au faux dévôt, c'est un hypocrite ; qu'on le démasque, afin que tout le monde puisse s'en garder.

La religion n'est point l'ennemie des sciences, comme on a voulu le faire croire ; c'est dans son sein qu'elle a fait les plus grands progrès : le génie de l'homme n'est nullement entravé par l'austérité de ses dogmes, et on ne voit pas que la nature soit moins féconde et moins admirable, parce qu'elle suit des lois immuables : plaçons donc le flambeau de la religion au milieu de nos études, de préférence au squelette de Voltaire, effronté dans sa nudité et révéré comme un dieu pénate.

Si la loi de Dieu est indispensable à l'homme, parce qu'elle le soutient et le console dans son malheur, il est donc rigoureusement nécessaire qu'elle soit conservée dans toute son intégrité : or, pour y parvenir, son dépôt ne peut pas être confié indifféremment à tout le monde. L'église est le dépôt légitime de cette loi : mais, ainsi qu'il faut un chef dans l'état civil pour qu'il y ait un centre d'action, de même il faut un chef suprême à l'église pour en conserver l'unité ; autrement, au lieu de nous édifier par des exemples et des leçons qui nous attirent, elle se divise et nous repousse par ses hérésies et l'opposition de ses sectes. Le Pape étant le véritable chef de l'église, nous ne devons donc point nous étonner qu'il ait été replacé par la main de Dieu sur le premier siége pontifical, et que Rome reprenne le glorieux titre de capitale de toute la catholicité.

Je me persuade que le sénat ne fera pas moins pour la religion catholique, apostolique et romaine, que Buonaparte, qui l'avait fait déclarer politiquement la religion de l'Etat, parce qu'elle était celle du plus grand nombre des Français. Si les alliés nous ont permis de choisir unanimement Louis XVIII pour régner sur nos cœurs, les représentans de la Nation nous permettront aussi de choisir le vrai Dieu pour régner sur nos ames. On a reproché à la religion catholique d'être intolérante, sans considérer qu'elle doit l'être dans son code; car s'il n'est qu'un Dieu, il n'a dû nous révéler qu'une même loi. Cependant je ne prétends point m'élever contre la liberté des cultes et en craindre la concurrence pour ma religion : elle n'a pas besoin d'user de tyrannie pour se maintenir, ni de contrainte pour se propager ; elle ne demande qu'à être comparée et connue pour briller de l'éclat le plus pur, et elle se reconnaît assez au sceau de la Divinité dont elle est empreinte.

Maintenant que nous sommes las des critiques basses et injurieuses qui ont été faites sur la religion, qu'elle soit donc désormais le guide fidèle de notre conduite ; que l'on cesse d'opposer à sa sainteté les défauts de ses ministres, que l'on considère que la perfection n'appartient qu'à Dieu, et que les ecclésiastiques ne pourraient être infaillibles qu'autant qu'ils cesseraient d'être hommes, et conséquemment sujets à l'erreur. On ne serait pas plus fondé à critiquer et à interdire les lois civiles et criminelles, parce que quelques-uns des juges qui les appliquent se seraient laissé corrompre.

En réfléchissant sur les attributs de la puissance et des perfections de Dieu, on s'étonne au premier abord qu'il permette le désordre et qu'il abandonne l'homme à ses dérégIemens pour le châtier: il semblerait plus naturel qu'il fît usage de son pouvoir pour le maintenir forcément dans l'ordre et l'obéissance ; mais pour peu que l'on s'appesantisse sur cette question, on conçoit que l'homme perdrait ainsi *son agent libre*, et qu'il ne pourrait être considéré que comme un automate mu par les ressorts de la puissance de Dieu. Or, il n'y aurait plus de vices, à la vérité, mais aussi il n'y aurait plus ni vertu, ni mérite.

Néanmoins nous devons croire qu'Adam était appelé à se maintenir dans le paradis terrestre dans un état constamment pur, et qu'il ne s'est soumis à l'épreuve du bien et du mal que par le résultat de sa première chute. Dieu nous soutient dans cette épreuve, et il dépend toujours de nous de bien répondre à sa bonté protectrice. Il nous guide dans toutes les situations de la vie, il augmente nos forces quand il le faut, et il fait tourner nos tribulations en faveur de notre salut, dès-lors que nous sommes dociles à sa voix. C'est dans l'infortune que la vertu se fortifie le plus; et si l'on peut dire que la guerre donne plus d'avancement aux militaires dans leurs grades, on peut également dire que les vicissitudes humaines font mériter plus vîte au chrétien la couronne qui est due à sa fidélité. Il ne nous est pas toujours donné de soumettre notre imagination à de semblables raisonnemens, et nous sommes souvent disposés à les ridiculiser sans les approfondir. Ce n'est ordinairement qu'aux approches de la mort que notre jugement s'éclaire par une sorte de révélation particulière, et c'est alors que nous nous reportons vers le principe de notre existence et que nous spéculons sur une autre vie. Ainsi le ver à soie pressent sa prochaine transformation et s'y prépare, et s'il m'était permis de comparer l'homme à un insecte, je dirais que son existence sur la terre est relative au premier état de la chenille, qui brille cependant de quelque éclat dans son organisation imparfaite; je noterais son tombeau comme sa chrysalide et son second état; et enfin, au sortir de son enveloppe funéraire, je ferais remarquer l'élévation de son ame, toute resplendissante du principe divin qui la créa, et incomparablement plus légère et plus céleste que le papillon paré des plus riches couleurs.

Le salut de l'homme est son objet principal sur la terre; supposons qu'il n'est attaché qu'au sang qui circule dans ses veines, et aux jouissances qu'il peut matériellement ressentir, nous verrons encore que Dieu les lui conserve dans le système général de la nature. Si nous jetons nos regards sur le spectacle de l'Univers, nous y remarquons bien quelques accidens et quelques destructions partielles, mais nous reconnaissons facilement qu'elles n'en intéressent jamais l'ensemble. Les hivers, par exemple, dépouillent la terre, et suspendent sa fécondité; mais ils préparent de nouveaux sels à la végétation, des alimens aux animaux, mille biens divers à l'homme, et ils sont bientôt suivis des fleurs du printemps, des moissons de l'été, et des fruits de l'automne. Il est donc naturel de croire que Dieu, dans sa divine sagesse, ne nous a laissés en proie à quelques années de malheurs, que pour nous assurer des siècles de félicité.

Lorsque je considère que la révolution française a multiplié les émigrations, et que les hommes se sont communiqués dans toutes les parties du monde, je suis disposé à pressentir de grands résultats préparés par Dieu. En effet, la fréquence des rapports d'un peuple avec un autre, doit augmenter la prospérité et l'étendue du commerce, et faciliter les progrès des sciences et des arts. La religion surtout devra en recevoir les plus grands avantages, et si je ne me trompe point sur les intentions de Dieu, il a voulu accroître considérablement les voies de la propagation de son culte et réunir les communions chrétiennes, en confondant ce qu'elles ont de commun et en soumettant ce qu'elles ont d'égaré.

Combien l'imagination se plaît à se repaître des bienfaits de la Divinité, à en admirer la grandeur des desseins, et l'étendue de la sagesse! Lorsque je réfléchis que la France vient d'être sauvée par la protection spéciale de Dieu, ce n'est point assez que ma joie se manifeste en secret, je ne puis me défendre de la faire éclater; ce n'est point assez pour mon ame attendrie de rendre à la divine Providence des actions intérieures de grâce et de reconnaissance, malgré moi elle s'épanche et se communique, lorsque tout, depuis la chaumière rustique jusqu'au palais somptueux, retentit des cris d'allégresse qui partent du cœur de tous les Français!

O ma patrie! tes enfans n'auront plus désormais à répandre leur sang que pour tes véritables intérêts. Généreux étrangers, vous n'aurez plus à redouter nos phalanges guerrières, dirigées par ce tigre conquérant qui a imprimé ses griffes meurtrières jusque sur le sol qui lui offrait un trône. Ce génie désordonné qui portait ses regards dévorans au-delà des limites de l'Europe, pour y choisir le lieu des bornes qu'il voulait un jour imposer à sa puissance ; ce Corse, réprouvé de Dieu et frappé d'aveuglement, va cesser ses ravages et laisser respirer la nature. Pères et mères auxquels on a ravi, sans pitié, jusqu'au dernier de vos enfans, pour les immoler à la passion d'un seul étranger, espérez que quelques-uns d'entre eux auront pu se soustraire à sa faulx meurtrière. Et vous aussi, trop sensibles parens, dont les entrailles maternelles frémissaient par la seule crainte de voir atteindre aux vôtres l'âge fatal où ils devaient être moissonnés dans leur adolescence ; rassurez-vous sur les trop justes motifs de votre terreur anticipée : il n'existe plus ce tribunal militaire, dont les arrêts se renouvelaient avec nos années et nos générations ; elles sont abolies ces causes plaidées par des infirmités que l'on préférait aux avantages d'une bonne constitution physique, par des infirmités, objets d'un trafic barbare, souvent méconnues faute d'argent, ou créées à force d'or ; c'en est fait, la conscription a cessé·d'être l'aiguillon de la mort, la cause des malheurs de l'Europe et de la ruine de la France.

Le commerce, par une heureuse confiance, va renaître avec la paix générale : bientôt une communication avec tous les peuples du monde, ranimera toutes nos branches industrielles, et portera l'abondance et l'aisance dans toutes les parties de la société. C'est s'abuser que de croire que les arts sont exclusifs et rivaux

dans les états voisins! La terre est si étendue et si féconde; ses sols et ses climats sont si variés; ses animaux et ses productions en tous genres sont si multi-
pliés; le génie de l'homme sait tellement diversifier
les objets de ses arts et de son industrie, que les peuples se favorisent mutuellement par leurs échanges
commerciaux. Cet indiscret et monstrueux système
continental ne nous était donc proposé que pour masquer les véritables vues de l'ambitieux, qui voulait
écrire, en lettres de sang, quelques pages que l'histoire présentera un jour à la postérité étonnée de nos
calamités.

Tout est à redouter dans un gouvernement tyrannique, tout y est variable, arbitraire et vexatoire!
Mais il en est autrement dans un gouvernement paternel : la justice y règne, la confiance s'y maintient,
la prudence, la vigilance, les largesses, l'économie,
sont autant de moyens précieux qui concourent à la
conservation de l'intérêt général et particulier, et tel
sera le gouvernement de notre bon roi. Sous ses aus-
pices, le propriétaire jouira avec sécurité de sa fortune; il ne sera point surchargé d'impôts jusqu'au
degré de ne plus être réellement que le fermier de son
propre bien; il s'encouragera, parce qu'il pourra re-
cueillir les fruits de son travail, et parce que l'ordre
et la justice nous préservent des fléaux de la guerre.
Le cultivateur pourra spéculer paisiblement sur l'es-
pérance de ses moissons, et s'il trace ses fertiles sillons,

il ne craindra point d'y découvrir le corps de son fils entraîné violemment au combat, ainsi que l'on conduit à la boucherie les animaux qui doivent nous servir de nourriture ; enfin, il ne craindra plus de dissiper avec le soc les membres de l'étranger forcé de venir conquérir la paix que l'éloignement de sa patrie et la rigueur du climat n'ont pu lui assurer.

Ainsi que les souverains dans leurs traités, le commerçant n'aura plus à redouter la violation des sermens, les imputations, les attentats, les surprises, ressorts d'une politique ou d'une cupidité insidieuses, et enfin mille fourberies que le mépris de Dieu engendre. Que le négociant se livre donc à un sommeil paisible et qu'il se repose sur la bonne foi des traités ; le déshonneur suivra dorénavant l'homme qui trahira sa parole ; on ne verra point de banqueroute provoquée par l'instabilité des choses, et elles ne pourront être que le produit du malheur.

O mes concitoyens ! nous sommes enfin déchargés du pénible fardeau que nous portons depuis vingt-quatre ans. Allégés et dégagés de nos fers, exaltons le retour de notre bonheur, dans l'ivresse de la joie la plus pure ; que le plus noble enthousiasme s'empare de nos cœurs et de nos esprits, alors que la Providence vient de briser les funestes chaînes de nos égaremens philosophiques, alors que l'âge d'or succède à l'âge de fer, et que le trône des lis succède à ce trône formé

d'un

d'un airain sans cesse foudroyant, et sans cesse abreuvé du sang de nos enfans.

Que la terre s'abandonne à sa fécondité, Dieu règne maintenant sur elle avec son sceptre misèricordieux! Vignes, laissez circuler votre sève, et nourrissez vos grappes empourprées! Moissons, cessez de devenir la pâture des chevaux animés par la trompette guerrière! les orages se sont écartés, les zéphirs seuls feront ondoyer vos nappes dorées, et vos têtes graminées seront rendues désormais au premier besoin de l'homme. Que la France tarisse ses larmes et cicatrise ses plaies, la divine Providence vient de la désarmer de son glaive suicide. Rassurez-vous, malheureux habitans des campagnes, dispersés par le fracas des armes, victimes des fléaux de la guerre, venez reprendre vos travaux et réparer vos pertes sous la protection de Dieu. Que vos jeunes épouses, mères éplorées, viennent avec vous sous votre humble toit, livrer à leur cher nourrisson le sein encore palpitant d'amour et de douloureuses sollicitudes. Mais quoi, vous hésitez, et vous n'osez encore parler? Rassurez-vous, *le sanglier s'est laissé acculer dans un fort gardé* : il n'avait pour défenses que vos enfans; maintenant les fils reconnaissent les pères, tous les Français se tendent la main, et il n'existe plus qu'une même famille en France. Reprenez donc cette ancienne gaîté que vous aviez avant la révolution. Il me semble déjà entendre les chants rustiques des moissonneurs qui charmaient leurs

C

lassitudes à la fin d'une longue journée. Ainsi le pâtre pourra chanter son amour, et faire retentir les échos des rivages et des côteaux qui l'ont vu naître : ainsi la bergère, certaine de conserver l'amant que la nature lui destine, ne fera point une alliance précipitée ; et retrouvant des mœurs pour être fidelle et pour être constamment aimée, elle trouvera des ministres chrétiens pour bénir et légitimer ses plaisirs et sa postérité.

Que vois-je ? tous les Français étendent leurs mains reconnaissantes vers Dieu, pour le bénir au moment de sa bonté miséricordieuse. La joie publique éclate dans les airs ; toutes les voix en ont l'accent, tous les visages se sont déridés pour en prendre les caractères ; on se cherche des yeux, on se sourit et on se communique sans se connaître, on s'empresse à la lecture des journaux ; et s'attendrissant délicieusement à leurs récits, chacun y réclame sa pensée et son sentiment en criant au larcin, parce que la France n'a plus qu'une même pensée et qu'un même sentiment. La foule s'arrache le *Châteaubriand*, parce qu'elle veut s'assurer de la fin du tyran et connaître l'histoire des Bourbons. Tout le monde parle de cette famille chérie : le vieillard en raconte les traits intéressans à l'enfant avide de les apprendre ; au nom de Saint Louis, la piété se rallume ; au nom d'Henri IV, le cœur s'épanche, à celui de Louis XVIII, l'espoir est une certitude, et l'étoile du bonheur brille à toutes nos têtes. Partout on crie *vive le Roi!* partout on chante *vive Henri IV!*

Cependant notre roi est encore dérobé à nos regards impatiens; qu'il nous tarde de le voir enfin rendu à nos vœux ardens et à notre amour! Je sais quels seront les premiers degrés sur lesquels il voudra monter. L'autel de Notre-Dame est déjà paré, et on en a écarté tous les vases sacrés ternis par un souffle impur. Les voûtes du temple vont cesser de retenir l'encens dans leurs contours sinueux, et elles vont s'écarter à la prière de fidèles ministres pour en laisser monter l'humble parfum directement vers le trône de Dieu.

Qu'elle est respectable l'autorité souveraine, quand elle va se puiser et s'affermir dans le sanctuaire de la Divinité! Que l'homme couronné est grand, quand il cherche sa grandeur dans le sein de Dieu! Qui n'a été profondément touché, en voyant entrer MONSIEUR dans le lieu saint comme un royal précurseur, pour nous annoncer notre libérateur adoptif. C'est le sang de Saint Louis qui circule dans les veines de ses enfans; à ses caractères on reconnaît ses vrais descendans. Dieu les aime et les revêt d'une portion de son pouvoir, et LOUIS XVIII est son véritable délégué au milieu de nous. Il n'y a point été établi par des factions et des crimes, et il ne s'y maintiendra point par le fer. Le bronze meurtrier n'est point à sa suite; à son sceptre il unit l'olivier de la paix; il est entouré affectueusement de toutes les puissances de l'Europe, et si on ne vit jamais un avénement plus désiré, on ne vit jamais un cortége aussi imposant et aussi mémorable. Asseyez-vous, augustes princes, à la table de nos rois ; venez-y partager le pain de l'union et y porter le toast d'une paix générale, tandis que tous les Français, avec la coupe du plaisir, s'enivreront en buvant à la santé du roi et de ses illustres et magnanimes hôtes.

La France présente maintenant un spectacle célèbre ; tout y flatte la vue, et y parle au sentiment ; mais l'ame y prend la plus grande part. L'airain religieux attend le signal pour appeler tous les fidèles au pied de l'autel ; la piscine chrétienne, où nous devons prendre un bain régénérateur, est placée à l'entrée de nos temples ; un *Te Deum* va bientôt faire retentir leurs enceintes sacrées des accords de nos voix reconnaissantes, et l'homme rendu à Dieu et rougissant de l'avoir méconnu, jurera sur ses autels de lui rester fidèle.

Je n'ai donc plus rien à désirer ! Il me semble que l'air que je respire est plus pur ; je jouis et je voudrais prolonger la durée du jour ; le repos de la nuit est devenu plus salutaire et plus calme ; l'astre qui nous éclaire a doublé sa lumière, et la nature a reçu une nouvelle vie. Tous mes sens se délectent : je voudrais accroître les puissances de mon cœur, et ce que je pense n'est point une illusion. Témoin de la grandeur infinie de mon Dieu, et rempli de ses bienfaits, que n'ai-je le génie d'Homère, ou plutôt la sainte éloquence des pères de l'église, pour célébrer dignement ses merveilles. Célestes messagers qui protégez nos ames, venez me révéler quelques-unes des louanges éternelles que vous répétez au pied de son trône adorable. Mais quoi, tous mes sens sont émus, je me sens échauffer, mon imagination s'agrandit, et mon ame est toute entière au Dieu qui la possède; je signale l'Univers pour chanter son créateur, et mon langage est celui de la nature ; j'en connais l'ordonnance, j'en admire l'harmonie, j'en fais voir les détails, et voilà mes caractères. Lisez, peuples et rois; mes chants sont immortels, mais ils sont aussi les vôtres, et vous les trouverez toujours dans les œuvres de Dieu; qu'ils soient ceux de l'enfance, de l'âge viril et de la vieillesse, et que le tombeau seul puisse les dérober à nos perceptions mortelles, à l'instant où nos ames s'élèveront vers les cieux pour mieux les connaître et les célébrer encore.

FIN.